KB188472

독도는 우리가 지키고 있어요

안영선 동시집

독도는 우리가 지키고 있어요

초판 발행 | 2014 년 12월 1일
저작권자 ⓒ 2014, 안영선

지은이 | 안영선
그린이 | 최명숙
펴낸이 | 신중현
펴낸곳 | 도서출판 학이사
　　　　출판등록 : 제25100-2005-28호
　　　　주소 : 대구광역시 달서구 문화회관11안길 22-1 (장동)
　　　　전화 : (053) 554~3431, 3432　팩스 : (053) 554~3433
　　　　홈페이지 : http : // www.학이사.kr
　　　　이메일 : hes3431@naver.com

ᒍFᑕ 대구문화재단　　한국문화예술위원회

본 도서는 '2014 대구문화재단 문화예술진흥사업' 지원으로 출간되었습니다.

독도는 우리가 지키고 있어요

學而思 | 학이사

독도, 우리 땅 맞아요

우리나라 독도 첫 동시집
《독도야 우리가 지켜 줄게》를 내고 2년이 지났습니다.
이번에 독도 제2집《독도는 우리가 지키고 있어요》를
내게 되었습니다.

어린이들을 만나서
"독도는 어느 나라 땅이지?" 하고 물으면
"우리 땅"이라고 하나같이 소리를 지르는데
"왜 우리 땅 입니까?" 하면
고개를 숙이고 깊은 생각에 잠깁니다.

안용복 장군이
이사부 장군이
옛날 지도에
배타적 경제수역이
뭔가를 알고 있고
말은 하고 싶은데…….

여러분! 그런 건 몰라도
우리나라 사람이 살고
우리나라 경찰이 지키고
우리나라 태극기가 펄럭이고 있고
우리나라에는 휴대전화가 되는데
일본은 외국이라 전화가 안 됩니다.

그제서야 생글생글 웃으며
맞네, 맞아! 합니다.

리트머스 종이 같이
붉은색 푸른색으로
실험을 통하여 거짓 없이
보여줬으면 좋겠는데…….

이 책을 읽는 사람들이
'독도는 한국 땅'
자신 있게 말 할 수 있었으면 하고
기대를 해 봅니다.

안 영 선

제1부 독도의 동물과 식물

제2부 독도의 사람들

제3부 독도의 자연환경

제4부 독도의 역사

추천사 ──

독도의 동물과 식물

괭이갈매기

2~3월이 오면
우리는 맞선을 보는 달
철저한 일부일처제로
사랑하며 짝을 맺지요

3~4월이 오면
우리는 알을 낳는 달
길에도 바위에도
보이는 건 우리의 알이지요

4~5월이 오면
우리는 새끼를 키우는 달
둘이서 같이 키우고
사랑은 자꾸 두터워지지요

5~6월이 오면
우리는 모여서 노는 달
바위에 똥칠을 해도 아무 말하지 않는
여기는 독도 우리의 천국이지요

7~8월이 오면
우리는 춤을 추는 달
수천 마리가 하나 되어
바위와 어울리게 춤을 추지요.

강치

가재바위 위에
비좁도록 앉아 있었던 강치
지금은 멸종되어
이제 한 마리도 없다

한 마리에
황소 열 마리 값이던 강치
독도에만 있었던 강치
이제 한 마리도 없다

강치 가죽으로
가방을 만들고
바가지도 만들어
파리박람회에서 금상을 받았다는데
이제 한 마리도 없다

고기로도 팔고
기름으로 팔고
버릴 것 하나 없는데
이제 한 마리도 없다

강치 잡아간 사람
우리는 다 알고 있다
빨리 살려 놔라
빨리 살려 놔라.

슴새

나는
천연기념물

독도에 사는
슴새입니다

섬에 사는
슴새입니다.

독도의 물고기

북쪽 한류와
남쪽 난류가
독도에서 만나
독도는 황금어장

돔 식구로는
흑돔, 돌돔, 벵어돔, 자리돔

어자 돌림으로는
오징어, 복어, 상어, 전어,

그리고
대구, 꽁치, 볼락, 전복, 명태, 가자미
다시마, 미역, 소라, 홍합 다 엱지만

최근 온난화로
제주도에 살던 아열대성 물고기들도
독도가 좋다고
이사 와 함께 살고 있어요.

삽살개

경비대에 사는
삽살개 두 마리

1998년에 들어온
독도 수호의 상징인데요

연락선이 오면
경비대원을 따라서
마중을 나가는데요

나를 그냥
멍멍이로 보지는 마세요
천연기념물 368호이기도 하지만
경북대학교 하지홍 교수가 복원한
동돌이 - 서순이에서
2대 곰이 - 몽이
3대 독도 - 지킴이로 이어진
족보도 다 있어요

알았어, 오버
멍 멍 멍멍멍.

서도의 쥐

서도에 쥐들
누구 따라 왔을꼬
사람 따라 왔지

서도에 쥐들
무얼 타고 왔을꼬
배를 타고 왔지

서도에 쥐들
무얼 먹고 살꼬
사람 먹는 건
다 먹고 살지.

개볼락 낚시

독도의 낚시에는
낚싯대도 필요 없고
찌도 필요가 없어
낚시와 미끼는 있어야지
그래도 낚시인데
낚시가 없으면 되나

못을 구부려
미끼를 끼우고 넣으면
다 내려가기도 전에
왠 떡이지 하면서
개볼락이 팍 팍 물어 주어서
막 건져 올리면 되는데

많이 잡으면 뭘 해
자랑할 사람도 없고
먹을 사람도 없는데.

땅채송화

난, 독도에 사는
땅채송화입니다

고향은 유럽인데
어떻게 여기로 왔는지는 몰라도
할아버지 때도
여기서 살았어요

여기서 사는 데는
힘이 많이 들지요
바람도 이겨야 하고
소금 파도도 이겨야 하고

더 힘이 더는 건
가뭄과의 싸움이지요
주머니에 물을 준비 않으면
하루를 못 견디고 말라 죽어요

그래서 잎 주머니에
비 오면 물을 꽉 채워 두고
안 죽을 정도로
조금, 조금 입만 축이지요.

해국

독도 해국은
하늘이 주는 대로
물을 먹고 살지요.

조금 주면
몸을 줄이고
꽃도 줄이고

많이 주면
몸을 늘이고
꽃도 늘이고

자연에 몸을
맞추어 사는
독도 해국들.

24

독도 참억새

독도 참억새는
꽃이 없는 억새다

가을 오기도 전에
꽃이 피기도 전에
꽃 필 자리 다 잘려 나가는
꽃이 없는 억새다

땅을 황폐화시키고
다른 식물 못 자라게
방해만 한다고
꽃이 잘려 나가는 억새들

집도 못 넓히고
식구도 못 불리고
정해진 자리에서만
울며 피는 억새꽃.

독도의 나무

독도에 사는 나무들
동백나무, 사철나무, 보리밥나무, 섬괴불나무,
물푸레나무, 후박나무, 무룬나무, 큰보리장나무,
곰딸기, 곰솔 등등

소금을 이겨야 하고
바닷바람을 막아야 하고
먹을 것이 부족해
키도 키우지 못하고
너희들 정말 고생이 많다

그런 건 다 참을 수 있는데요
억지를 쓰다가
잠잠해지면 또 억지를 쓰니
그건 도저히 못 참겠어요

세상이 다 아는 이야기를
세 살 먹은 아이도 아는 걸
자꾸 이야기 하니

우리도 입이 있다면
속 시원하게 말해주겠는데.

왕호장근

나무가 귀한 독도
서도의 응달진 곳에서는
키가 큰 왕호장근 내가
나무를 대신하지요

대나무같이
빨리 뿌리 내려서
바위틈에 엉켜서
흙이 무너지는 걸
막으라고 하셨잖아요
푸른 독도 회원들이

다른 식물들 없어도
녹색 숲을 만들기 위해
억센 뿌리를 열심히
뻗으며 살겠습니다

그런데 나보고
외래종, 외래 유입종하니
정말 서운합니다

독도 지키며
살아 보려고 고생고생 하며
참고 또 참았습니다.

독도의 숲

120살의 보호수
사철나무도 있지만

어민숙소에서
물골 가는 고개턱에
어른 팔뚝만한
키가 제일 큰
섬 괴불 나무 한 그루
그보다 조금 작은 두 그루
보리밥나무 두 그루
동백나무 한 그루

여섯 그루 숲
독도에서 가장 큰 숲

이들이 이래도
흙을 지어 날라 심은 것이고
물을 주고 살린 것이라고요
수만 그루를 심어
겨우 살린 여섯 그루래요.

개망초

독도에
개망초가 산다

망초
'망하는 풀'

그러고도
'더 못된 이름이 없나'
궁리궁리 하다가
앞에다 '개'까지 붙여서

그 이름 누가 지었을까?
'계란꽃'이라는 이름을 두고
나는 알겠다
너도 알겠지?

보호수야

바위섬 독도에
나무는 귀하다

심어 가꾸고 해도
100여 그루가 전부인데

동도 수직절벽
천장굴 북사면
바위에 붙어사는
120년생 사철나무

거기 물은 있니?
먹을 것은 있니?

그러니까 보호수지
고생하며 산다고.

33

제2부

독도의 사람들

독도경비대

경북경찰청
울릉경비대
독도 경비소대
40명의 전투경찰들

우리는
한 식구다
한 형제다

우리는
한집에 살고
한방에 잔다

한마음 되어
독도를 지키는
우리는 독도 지킴이.

독도 사랑

독도 선착장에
점방이 생겼다

시장 하나에
점방도 하나

파는 사람은 둘
김신열 씨 부부

기념 티셔츠와
손수건도 팔고
독도서 채취한 해산물도 판다

물건을 산 사람들
모두 다 오래오래
독도를 생각하라고.

김성도

울릉도에서 태어나
독도에 살고 있으며
독도리 이장인 나는
대한민국 사람입니다

아내와 둘이 살지만
미역을 따 말리고
고기를 잡아서 팔기도 하고
배가 들어올 때면
선착장에서 장사도 합니다

장사로 번 돈은
대한민국 정부
포항세무서에서
고지서가 나오면
세금도 냅니다

대한민국의
보호를 받고 있습니다.

38

걱정하지 마

전쟁을 일으킬 수 있는
나라가 됐다고 일본이

독도와 울릉도를
침공하면 어쩌지

해군력 우리보다
3배나 앞선다는데

배 많다고 이기는 게 아니야
명량의 이순신 봤잖아

학익진 있잖아
우리는 장군의 후손이잖아.

안용복

1696년 울릉도에서
불법으로 고기를 잡는 일본 어부들과 싸우다가
어부들에게 붙들려 오키 섬으로 끌려가서
가지고 있던 문서와 물건을 빼앗기고도
일본인에게 조목조목 반박하여

우리는 울릉도와 독도가 조선 땅임을 인정하여
"울릉도는 일본의 영토가 아니다"라는 서계를 받고
다시는 건너가지 않겠다는
도해금지령을 받아냈습니다
안용복, 큰 상은 받았겠지요?
아니야, 벌을 받았어

시키지도 않은 일을 한 죄
여권도 없이 일본에 간 죄
일본 말을 너무 잘하고
조목조목 따진 죄

뒤로 넘어져도 코를 다친다더니
조선 조정이 정말 이상하네요
간난 아기가 봐도 웃을 일을 했군요.

41

의용수비대

홍순칠 대장과
33명 의용수비대
누가 먼저랄 것도 없이
누가 시키지도 않았는데
독도에 들어가 독도를 지켰다

독도에 일본이 설치한
시네마 오키현이라는 푯말부터 뽑아내고
일본 순시선을 감시하다가
돌려보내기도 하고
총격적으로 격퇴시키기도 했는데

물골을 발견하기 전이라
빗물을 받아 두었다가 마시고
식량이 없어 미역만 먹고
수영으로 고기를 잡아먹으면서
독도를 지키려는 마음뿐이었는데

경찰 수비대가 도착하여
그들에게 독도를 인계하고
집으로 돌아왔지만 마음 놓을 날 없이
늘 독도를 걱정하며 살았지
의용수비 대원들 정말 장하지.

검찰사 이규원

전하~
울릉도 검찰사
이규원 보고합니다

울릉도에는
조선인이 141명
일본인이 78명 살고 있습니다

조선인 그들에게는
세금을 면제해 주어
오래오래 거기서 살게 하고

일본인이
왜 남의 나라에 사느냐고
모두 내쫓도록 하라

전하~
분부대로
하겠나이다.

집들이 집알이

김성도 독도 이장
주민 숙소 다 지었다며
집들이 한다고
독도 사람 다 불렀다

등대네 사람들
경비대네 사람들
집알이 간다고
배를 타고 간다

근무자들 빼고
삽살개까지도 갔는데
화장지도 성냥도
하나 없고 모두가 빈손

독도 식구 다 모여
같이 밥 먹고 이야기 하고
처음 하는 반상회
독도의 제일 큰 잔치.

내가 수구로 바꿔야지

선착장에서
경비대네 식구들
족구를 한다

상경 이상은 공을 차지만
졸병들은 구명조끼를 입고
바다에 빠진 공을 건져야 한다

족구장이 좁아서
차는 공 보다 바다에 빠진 공을 건지는
그 시간이 더 길다

졸병도 서러운데
공 한 번 차 보지도 못하고
수구로 바꾸면 나도 할 수 있는데

46

우리도 그랬다며
너희들은 좀 참으란다
족구를 잘하지도 못하면서

나 상병 되는 날
당장 수구로 바꿔야지
삽살개 너, 내 이야기 들었지.

동도대장과 서도대장

서도대장과 동도대장
누가 더 높을까요?

서도에 사는
독도대장인 이장 김성도도
동도로 건너갈 때는
경비대에 신고를 해야 하고
동도에서는
이장도 사진을 찍을 수 없다
사진을 찍으려면
경비대장이 허락해야 한다고

동도대장 경비대장
동도대장이 더 높은가

경비대장 서도 갈 때는
신고를 안 하니 말이야.

등대체험

과학잡지 보고
등대체험에 응모 해

여름방학 때
독도 등대에 온
중학생 성일이
1박 2일 일정이었는데

독도에 배가 안 들어 와
자유스럽게 폰을 만지며
일주일 동안 잠만 자다가 하는 말

개학 때까지
배 안 들어왔으면 좋겠어요
학원 안 가고 얼마나 좋아요.

독도의 봄

봄 바다 푸른빛이 돌면
겨우내 빗장 걸었던
어민숙소 문이 열리고

괭이갈매기 날아와
축하 비행이 시작하면
독도 주민 김성도 이장이
울릉도에서 돌아와 이불을 빨고
독도관리사무소 직원들도
상주 근무를 시작 하려고
책상을 정리하고
경비대네도 교대 해
함성 소리도 퍼져 온다

동도와 서도 모두
겨울 파도를 이기고
잠에서 깨어났다.

사람이 섬이다

독도의
사람들

등대 사람들
경비대 사람들
어민 숙소 사람들

배가 들어오는 날
잠시 내리는 사람들

점, 점, 점······
독도에 섬이다

독도 나라
사람이 섬이다.

해양경찰들

철조망도 없는데
국경선도 보이지 않는데
출렁이는 바닷물 위에
기계장치에 그어진 금을
동해 경찰서 2700톤급 1508함에서
해양경찰이 지키고 있다
내가 물러서면 독도가 끝이라는 생각이지만
독도에 제일 가까이 늘 보면서도
함정을 타고 지키기에 바빠
독도에 한 번 오를 수도 없는 해양경찰
하늘이 허락하여 바다가 평온할 때는
근무자를 빼고는 러닝머신을 타기도 하고
탁구를 하며 운동도 하고
물을 데워 목욕도 하지만
그러다가도 성난 파도가 오면
식사 시간에 그릇 다 뒤집어지고
가스레인지에 불도 못 켜고

밥도 못 하고 반찬도 못 만들어
간편 음식으로 때우기 부지기수다
먹는 것도 차별 없이 모두 같이 먹는다
모두 한 배를 탄 한 식구니까
7박 8일 근무를 끝내고
교대하여 뭍에 오르는 이 기분
가족과 떨어져 있어 보지 않은 사람은 모르는 이 맛
남녀 해양경찰 근무자 모두가
사랑하는 사람을 만나는 날이다.

51

그들이 있었기에

허학도
김영일
이이준
김영수
주재원
권오광

경찰과 전경대원들
그들은 독도를 지키다
목숨을 바쳤다

그들이 있었기에
지금의 독도가 있다

54

그들의 이름을
다시 불러 본다

자손만대에
영원히 남을 그 이름을.

제3부

독도의 자연환경

누가 형이니

서도는 168.5m 대한봉
동도는 98.6m 우산봉
서도의 키가 더 큰데
너희들 누가 형이니?

우리는 본래 한 몸이야
오랜 침식작용으로 둘이 되었어
동도, 서도 그리고 89개의 섬으로
모두모두 한 몸이야

독도와 울릉도
울릉도가 넓고
구경 오는 사람도 많은데
너희는 누가 형이니?

울릉도는 250만 년 전
나는 460만 년 전
말도 안 되지
독도, 내가 형이지.

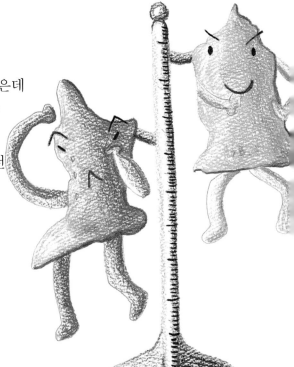

독도의 샘

마실 수 있는 물은
물골에 있는 샘뿐이지

고기 잡다 풍랑 만나
대피한 사람도 이 물 먹고
괭이갈매기도 이 물 먹고
이동하는 철새들도
다 이 물을 먹지

이 샘 없어 봐
새들과 사람들
아무도 못살지.

동도와 서도

동도와 서도는
151미터밖에 안 돼

소리 지르면
다 들리는 거리지

돌을 던지면
닿을 듯한 거리지

한눈에 다 보이지만
파도 소리 더 크고
바람 소리 더 크고
안개가 또 가려서 막고

151미터도
얼마나 먼지 몰라.

다른 나라야

독도와 울릉도는
하나의 해산으로
죽 이어져 있고
같은 조면암인데

오키 섬은
편마암이야

돌만 봐도
성질이 다르네

다른 대륙이네
다른 나라네 뭐.

독도에 가 봤지

대한민국 지도를
풀들이 그려 놓고

한국의 등대가 있고
김성도 이장이 살고

지키는 사람도 있고
천연기념물 삽살개도 있고

말할 것도 없어
한국 땅이 맞아.

파도 너는 조각가

바위를 깎아
독립문을 만들고

바위를 깎아
가재도 만들고

촛대도 만들고
미륵도 만들고

다 만들 수 있는
파도 너는 조각가.

독도 출석부

경상북도 도지사가
독도에서 취임하며
독도 출석을 불렀다

동도 예
서도 예
가재바위, 지네바위 예 예
구멍바위, 촛대바위 예 예
이름이 있는 22개
바위들 다 부르고
너, 너, 너, 너……
69개의 섬을 다 불렀다

이름이 없는 섬
너희에게 미안하구나
너라고 불러서

다음 올 때는
이름을 지어 와서
꼭 불러 줄게.

바다 산

독도의 바다 위로는
91개의 섬이 보이지만
아래로, 아래로 내려가면

바다 속에는 산이 있어요
독도 바다 산 외에도
심흥택 바다 산
이사부 바다 산
안용복 바다 산들이
어깨동무를 하고
모두 연결 되어 있어서
울릉도 보다는
여섯 배나 되는 바다 산
이들이 다 독도지요.

독도의 파도

태풍 오는 날
독도의 파도를
어민숙소에서 보면
집보다 크고

태풍 오는 날
독도의 파도를
등대에서 보면
등대보다 크고.

독도

섬 두 개
아니 아흔한 개

귀여워서
가지고 싶었니?

안 되지
주인이 있어.

숫돌바위

독도가
생길 때부터
있었다고 하던데

부드러운 돌덩어리로
금방 무너질 듯해도
의용수비대원들이
칼을 갈았다고 하던데

숫돌 같아서
칼 갈기 좋겠다고
지은 이름이라 하던데.

독도는 큰 섬

조그만
독도지만

문화재청은 1982년 11월 16일
천연기념물 336호로 정했습니다
환경부는 2000년 9월에
특정도서로 정했습니다
이제 큰 섬이 되었습니다

건물 짓기
나무 베기
자갈 캐기
가축 키우기
동식물 잡는 일
땅을 메우는 일
함부로 할 수 없지요

천연보호구역
큰 섬이니까요.

70

물골 가는 길

미역 따는 해녀들과
고기 잡는 어부들이

모래를 이고 날라
돌덩이를 지고 날라

하루에 한 계단 두 계단
물골로 길을 만들었어요

어렵게, 어렵게
힘을 모아서

영차, 영차 좁다란
계단이 만들어졌어요.

독도 가다가

울릉도에서
독도 가는 길

배가 울렁거리니
배가 울렁거리고

머리가 울렁거리니
정신도 울렁거리고

우리 땅을
자기 땅이라 하니
마음도 울렁거린다.

낚시 가는 날

독도 선착장에서
낚시할 때는
욕심을 두고 가도 돼

한 마리는 잡고
한 마리는 놔 주고
또 한 마리 잡고
또 한 마리 놔 주고

반은 놔 줘도
금방 가득해지는데 뭐

욕심은
울릉도에다 두고 가서
재미만 보고 오면 되지.

73

제4부

독도의 역사

어서 말을 해

독도야 어서 말을 해
나의 주인은 한국이라고

네 한 마디면
다 끝나는데
넌 왜 말이 없니?

옛날 일이라
기억나지 않는다고

그럼, 어느 나라하고 싶니?
대한민국 맞지
독도야 어서 말을 해

일본이 있으니

차도 없고
자전거도 없으니
교통사고는 없지

교통사고는 없어도
사고는 있어요
사람이 살고
배들도 있으니

큰 소리도
자주 나지요
일본이 있으니.

내 이름

우산도 간산도 천산도
지산도 가지도 삼봉도
송도 돌섬 독섬 독도

이름이
너무 많지요

460만 살이 넘은
어르신인데
많은 건 아니지.

씻고 또 씻어라

독도는
일본 땅
그런 글을 봤거든
씻고 씻어라 눈을

독도는
일본 땅
그런 소리 들었거든
씻고 씻어라 귀를

독도는
일본 땅
그런 말을 했거든
씻고 씻어라 입을.

독도의 이름

우산도, 천산도, 간산도
'도'자 돌림의 독도 이름은
우(于), 천(千), 간(干)
비슷해서 생긴 이름이고

호넷 락스
리앙쿠르 락스
락스 돌림의 독도의 이름은
바위섬이라고 붙여진 이름이고

독도
獨道
Dokdo가
다 바른 표기법이지.

우산도

독도의
첫 이름은 우산도라고
세종신록지리지와
지도에 적혀있는데

이 책에는
"우산, 무릉 두 섬은 울진현의 동쪽 바다에 있고
두 섬은 그다지 멀리 떨어져 있지 않아 바람이 불어
청명한 날에는 섬을 볼 수 있다"고 적혀 있지
이 말이 독도가 우리 땅임을 말해 주는 거야

우산 하니
비가 많이 오는 것 같다고
비올 때 쓰는 우산 같다고
우산 하고는 상관이 없어.

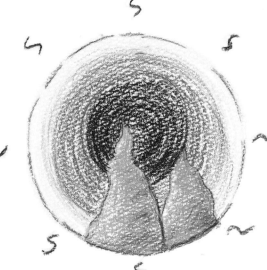

섬의 나이

사람들에게
나이가 있듯
섬인 우리도
나이가 있지

제주도는 120만 살
울릉도는 250만 살
독도는 460만 살
우리와 비교가 안 되네

우리나라 화산섬 중에는
독도가 제일 형이지
독도가 아기일 때
우리는 생기지도 않았겠다

왜 우리나라

동해의 독도가
왜 우리나라입니까?

안용복 장군이……
이사부 장군이……
옛날지도에……
배타적 경제 수역이……

초등학생은
그런 건 몰라도

우리나라 사람이 살고
우리나라 해양경찰이 지키고
우리나라 태극기가 펄럭이고 있고

핸드폰이 우리나라는 되는데
일본은 로밍을 해야 됩니다
이 정도라도 자신 있게 말해야지요.

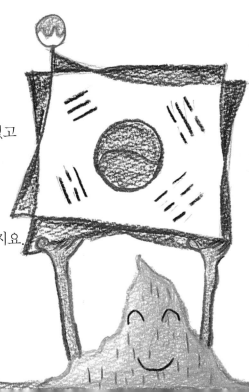

독도의 국어

우리 국어는
한국어입니다

한글을 쓰고
한국말을 하지요

중국어도 없고
일본어도 없어요

이제 아시겠지요?
여기는 대한민국.

독도의 설날

평일과 다른
아무 것도 없다

바람이 멎는 것도 아니고
배가 오는 것도 아니다

어제 근무 서며 얼굴 보던
그 사람이 그 사람이다

다른 것 있다
고향 쪽을 보는 것.

독도 투어

지금부터 여러분은
여기 선착장에서 눈으로
독도 투어를 시작합니다

독도의 골목은
이사부길, 안용복길
두 길이 전부지만

독도의 집은
등대네 경비대네 김성도네 집
세 집이 전부지만

선착장에 배가 닿으면
동도에 오르지는 못 해도
김성도 이장이 해설을 한다

해설사는 아니지만
오래 살아 모르는 게 없다
울릉도 사투리를 섞어 가면서

역사 문화 생태 이야기
끝없이 그칠 줄을 모르는데
독도 투어 끝
벌써 배를 타야 할 시간.

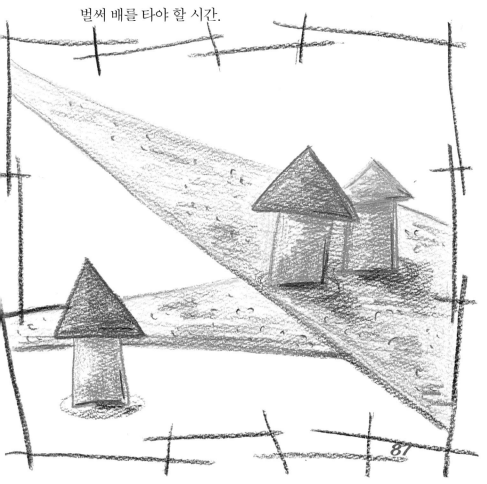

성화 채화 하는 날

경북도민체전의
성화 불씨는 해마다
독도에서 채화하지요

고유제가 끝나면
칠선녀춤이 이어지고
태양열로 채화하지요

채화 된 불씨는
울릉군수가 받아
김성도 이장이 받고
안치함에 보존되어
배를 타고 가지요

하늘의 불씨를 받는 날
망양정에 제물이 차려지고
행정선을 타고 온 행사요원과
초헌 아헌 종헌관과 기자들

독도는 포화상태
독도가 비좁아
독도가 무거워
가라앉을 것 같아요.

하늘이시어

하늘이시어
독도 바다를 보살펴
나를 받아주소서
나를 독도에 내리게 해 주소서

하늘이시어
독도는 한국 땅
독도에 배가 닿았다
독도가 나를 받아주셨다

하늘이시어
우리가 말하는 이 소리
"독도는 우리 땅이다"
일본까지 좀 전해 주세요

하늘이시어
독도를 보살펴 주셔서
일본이 아무 소리 못 하게
크게 한 번 꾸짖어 주소서.

우리 땅

음악회
패션쇼
농구경기
철인삼종경기
경상북도 도지사
취임식도 했고
국회의원 회의도
독도에서 열었어요

독도
우리 땅이라고
세계에 자랑 하려고.

독도명예주민증

너, 독도명예주민증 있니?
초등학생이 무슨 주민증이 있어?

알았다 알았어
너 독도에 못 가봤구나

독도명예주민증은 말이야
독도에 들어가거나
배로 돌면서 관람한 사람은
누구나 다 받을 수 있어
외국인도 받을 수 있는데
독도를 방문하고 60일 이내에
독도관리사무에 신청하면
만들어 주는데

난 옛날
아기 때 받았어
거짓말 하지마
2010년 11월 10일부터 시행했는데
뭘 옛날에 받았단 말이야.

독도 수호의 귀한 밑거름이 될 동시집

대한민국의 동쪽 끝에 위치한 아름다운 섬 독도는 동도, 서도와 89개의 부속도서로 이루어져 있으며, 천연기념물 제 336호로서 다양한 해양생물의 서식지이기도 합니다.

하지만 일본은 1905년 시마네현 고시 제40호를 통해 우리나라 영토인 독도를 자국 영토로 편입하려는 야욕을 드러내고 있지만 이는 역사적, 지리적, 국제법적으로 명백한 우리 고유의 영토인 독도를 침탈하려는 야욕으로써 지탄받아 마땅하며 일본의 주장은 전혀 근거가 없습니다.

독도가 대한민국의 영토라는 근거로서 첫째, 역사적으로 세종실록지리지에 울릉도와 독도가 강원도 울진현에 속한 두 섬이라고 기록되어 있으며, 1877년 일본 태정관(당시 일본의 최고행정기관)이 내무성에 보낸 지령에 의하면 독도는 일본 땅이 아니라고 기록되어 있습니다. 또한 1900년 10월 25일 고종황제 칙령 41호로 독도를 울릉군의 관할구역이라고 규정하고 있으며, 이 외에도 동국문헌비고, 만기요람 등 다른 문헌에서도 일관되게 대한민국의 영토라고 말하고 있습니다.

둘째, 지리적으로 울릉도와 87.4km 떨어져 있고, 맑은 날이면 육안으로 독도를 볼 수도 있습니다. 울릉도에서 육안으로 보이는 섬은 독도가 유일하다고 합니다. 이에 반해 일본의 오키 섬과는 157.5km 떨어져 있습니다.

따라서 거리가 더 가까운 대한민국의 영토라고 할 수 있습니다.

셋째, 국제법적으로 1946년 1월 연합국 최고사령관 각서 제677호 및 1946년 6월 최고사령관 각서 제1033호에서 독도를 일본의 통치·행정범위에서 제외했습니다. 따라서 독도는 제2차 세계대전 종전 이후 독립한 대한민국의 불가분의 영토가 되었습니다.

재단법인 독도재단은 독도수호를 목적으로 2009년에 출범하여 대한민국 국민들과 나아가 전 세계인들에게 독도 교육, 홍보 등을 통해 독도의 영유권을 강화해 나가고 있습니다. 특히 매년 초중고생들을 대상으로 '찾아가는 독도 바로알기' 교육과 '대한민국 독도문예대전' 등을 통해 독도수호와 나라사랑의 중요성을 전파하고 있습니다.

독도 교육현장에서 독도관련 연구서에 비해 문학도서는 턱없이 부족함을 느끼던 차에 아동문학가 안영선님이 첫 독도 동시집인 《독도야, 우리가 지켜 줄게》에 이어 이번에 《독도는 우리가 지키고 있어요》를 발간하여 지속적으로 독도사랑 정신을 펼쳐 나가심에 독도를 사랑하는 한 사람으로서 마음 깊이 감사를 드립니다.

독도 수호의 귀한 밑거름이 될 독도 동시집 《독도는 우리가 지키고 있어요》를 통해 대한민국의 동쪽 끝 아름다운 섬, 독도가 대한민국 국민들 가슴에 자리매김 하기를 소망합니다.

재단법인 독도재단

이사장 노 진 환

독도문화심기에 앞장서게 되기를

독도의병대는 200만 명 독도지키기 서명운동을 달성하고, 10여 년 동안 독도 지키기 운동을 해오면서 독도를 한민족의 문화로 심는 일의 중요성을 체감하였습니다.

교육계를 은퇴하신 후 학교의 울타리를 벗어나 대한민국 전체 학생들과 국민을 대상으로 열정적으로 독도를 문화로 심고 계시는 안영선 선생님께 독도 지키기 운동을 하는 사람으로서 깊은 감사를 드립니다.

안영선 선생님의 독도를 사랑하는 간절한 마음을 담은 이 책을 여러분들이 읽으면 멀게만 느껴졌던 독도가 한민족의 생활 속에서 살아 숨 쉬는 삶의 터전으로 느껴질 것이며 동해바다가 내 집의 정원처럼 소중하고 가깝게 생각될 것입니다.

이 시집으로 독도사랑의 마음이 한민족 모두에게 전달되고, 전 세계에 독도가 대한민국 것임을 자랑할 수 있는 계기가 되기를 바랍니다.

독도의병대 부대장 오윤길